詩集

あした天気になあれ

認知症回診日録

Hashimoto Atsushi

橋本 篤

編集工房ノア

『あした天気になあれ』　目次

I

II

III

装幀　森本良成

I

帰らなければ

たしかに聞こえてくるの
小学校に上がったばかりの息子の声が
泣きじゃくっているの
何か辛いことが起こったのだわ

ほおっておけない
だけど息子はどこにいるの
一体ここはどこなの
自分の家じゃない

帰らなければ
帰らなければ

　早く家へ帰らせてください
　息子の泣き声が聞こえないの
　馬鹿なこと言わずに家へ帰らせて

毎日夕暮れ時に玄関に佇み
困らせる八十七歳の川上さん
認知症　帰宅願望
カルテに　説明は並んでいるが
川上さんは両手を揉みながら
足踏みをしながら　私をじっとみつめる

白衣

梶原さんは　いつ回診にいっても車いすの上
若い頃は水も滴るいい男だったに違いない
生涯トラック運転手で陸送を専門にしていたという

私はいつもの挨拶から始める
　お変わりはないですか？

返事はなく　続く言葉も一切ない
話しかけている間中　微笑んで

じっと私を見つめるだけである
そして　いつものことだが
そろそろと手を伸ばし
私の白衣を握りしめてくる

さて下のフロアでも　大勢の入所者が待っている
　梶原さん　お手をお離しください

やはり　いつものように　いくら頼んでも
白衣から手を離してくれない
やっとのことで　手を緩めてくれる
車いすからも見えるエレベーターに
私はゆっくり乗り込む　扉が閉まりきるまで
梶原さん　首を左右に伸ばして私を見おくる

梶原さんには　大の自慢がある
隣町に住む一人息子がお医者である
ただ　お父上が入所されて三年はたつのだが
面会に来られたことは　まだ一度もない

あした天気になあれ

セツさんの呼吸がときどき止まるようになった

施設は家族を呼ぶことにした
コロナがおさまっていない今　呼ばれる場合は限られる
入所者が臨終間近になった時だけだ

医師は言う　点滴は一日二〇〇ccぐらいにしましょう
終末期では水分補給は少なくする
これをドライサイトにもっていくという
そうすると　意外にも痛みは少なくなり

呼吸は楽になり　気分は穏やかになるのだ

セツさんの部屋の隅に　分厚い一枚板の机がある
そこで書にむかっているセツさんをよく見かけた
かつては書道の先生で　弟子もとっていたという

そんな　いつもの机の上に
誰が置いたのだろう　ハラリと一枚の書
しっかりと　明るく　のびやかに

　あした天気になあれ

（注）ドライサイトとは、体内に取り込む水分量（口から飲む水分や点滴で注入する水分）よりも、体内に排出される水分の方が多い状態、つまり少し乾いた状態のことをいう。

ガラスの向こう

どうして開かないのだろう　ドアノブをガチャガチャ
二人はつかず離れず　高齢者施設の廊下を歩きまわる
藤本さんは元セールスマンで人形が大好きだ
最近の人形は話し相手をしてくれる
　こんにちは　お元気ですか？
人形は胸元のスピーカーから声を出して　くりかえす
じっと聞き入っていた藤本さん　可愛さのあまりか

スピーカーの口もとに　ほら飲んでと牛乳を注ぐ
人形はピタリとモノを言わなくなった
藤本さんは慌てる　そばに立つ松林さんもオロオロ
　看護師さあん　この子ものを言わなくなったよ

やんちゃな看護師がからかう
　心臓麻痺を起こしたんじゃない
藤本さん　そうなんだと納得してしまう
松林さんもホッとしたようにうなずく

松林さんは長年板前をやっていたという
自分専用の刺身包丁が　自宅に今も置いてある
以前には　散歩からぬけだした松林さん　放置中の車に乗り込み
違法行為の疑いで　警察官にお灸をすえられたことがある

帰園のあとはどこ吹く風　いつものように胸を張って施設内を闊歩
藤本さんは　その日は　松林さんから一歩下がってついていく

今日も二人は　脱出を試み続ける兵士のように
ドアノブを　ガチャガチャガチャガチャガチャ
疲れはてては　ガラス越しに遠くを見つめる
暮れてゆく空に　横切っていくものを見つめる

バス停をさがす人

あのう　ここは美原行のバス停ですか？

高齢者施設の広い板の間の昼下がり
他の部屋をのぞきこんでは　尋ねていく豊田さん
彼女には行かねばならない所がある
そこは　菜の花畑が広がり　蝶が舞い
カスミが遠くを見えなくさせる原っぱ
学校への行きかえりに　いつも見る野道や家々
　ここで待っていればバスに乗れますか？

尋ね方は真剣そのものだ
買い物などではないのだ

さっきから　彼女に呼びかける声がある
ここは長くいる場所ではありません　はやくお帰りなさい
　ここは美原行のバス停ですか？

豊田さんは　一部屋一部屋
板の間に立ち　暖簾を押しあげて尋ねていく
　ハイ　そうですよ
　ここは　そのバス停ですよ

そんな嬉しい返事は　まだどこからも返ってきてはいない

（注）美原は実在の場所であり、本詩では、大阪府堺市美原区の田園地帯を指す。

傷痕

昼下がりはいつも物憂げな高齢者施設
廊下に流れるものはひそやかにＢＧＭ
多くを語らなくてよいサンクチュアリ
大浴室への出入り口だけはにぎやかで
車いすで一人が入っていくと　すぐに
リクライニングでもう一人が外に出る
中はいつの季節も湯気でもうもうと温かく
限られた者だけが知っている密かな診察室
使命と義務を両方の手に握りしめ
それでも腰をかがめて入っていけば

多くの疾病たちのざわめきが聞こえる
掻きむしった痕　青い痣　皮ふの色調
曲がった背骨　思わぬ所に現れる床ずれ
両足に巻き付きメドゥーサを思わす静脈
介護者たちに日ごろの様子を尋ねながら
お年寄りたちの息遣いに耳をそばだてる
背中は湯をはじいてスベスベと美しく光り
遠慮がちな笑顔は絶えることはないのだが
見るとはなく　ふと見てしまうことがある
触れる事さえ躊躇される深く遠い傷あとを

（注）メドゥーサは、髪の毛が無数の蛇でできているギリシャ神話の女神。臨床医学では、身体の様々な部位で、静脈が怒張し蛇行しているさまを、メドゥーサの頭の蛇のようだと表現することがある。

故郷は近い

いつ子さん　いつ子さんのお生まれはどこ？
　えーっと　えーっと
　玄関を出てですね　まっすぐ行って　　すぐです
そんな近くなの？
　はい　すぐ近くです
鹿児島ですよね？
　はい　鹿児島です
ここは大阪ですよ

いつ子さんは　困ったようにもじもじもじもじ
私はそれ以上追及はしない

先日　いつ子さんのご主人から
　いつ子は最近おかしいのです
　風呂に入りに実家に帰るとか
　両親が玄関に立っているとか

故郷がいつ子さんを迎えにきているのだ
路地の向こうでは桜島が噴煙をあげている

ビリケン

ほっとするひと時　高齢者施設の昼下がり
老人がヨロリと立ち上がって歌いだす
声楽家のように　胸をそらして直立不動
テレビのニュース番組に向かって
か細く　しかし朗々と知床旅情を

周りには　仲間がにこやかに座っていて
歌を聞きながら昔の自分を見つめている

私は母の里での冬休み　従弟とのプロレスごっこ
炬燵の中から見る白黒テレビの紅白歌合戦
ひときわ真面目な歌いっぷりの東海林太郎
従弟は右手に干し芋を　左手にビリケンを
静岡の郷土人形だとばかり思っていた　木彫りの神様

歌い終わった老人に　私はそっと聞く
その歌には　どんな思い出があるのですか
あなたはどこで生まれて　どのような仕事をしてき
そしてどのようにして　ここまで来られたのですか

私は老人の胸にそっと耳を当てた

II

覚《さとる》先生

大学の教授をしていた覚先生
はじまりは迷子だったという
講義する教室に辿り着けなくなった
そしてご自分の部屋に戻れなくなった
廊下は暗く心細い迷路だったことだろう

奥様との買い物途中でも行方不明
警察の厄介にはもう何度なったことか

退職後の最近はもっぱらご自宅でお留守番
時々お漏らしをされる
あちゃあ漏れてしまったよ　ハハハハハ
年賀状が書けなくなった
おかしいな　漢字が出てこないな　ハハハハハ

明るさだけは救いですね
かかりつけ医は奥様をなぐさめる

覚先生の書斎には　仲間と二人で翻訳した
フランスの発達心理学全集が並んでいる
先生をいつまでも支えるのだと　どっしりと並んでいる

週二回デイサービスに通っています
かかりつけ医は　特効薬はありませんと投げやりです
今のままでいいのでしょうか？　奥様は不安げだ
日課は近隣の公園の散歩です
けれど　すぐどっかに行っちゃうんです
目が離せません　気の休まるときがありません

覚先生はさとる君に戻っていく
奥様は母に戻っていく

見知らぬ人と

あんた　見たことのない人だね
どうしても一緒に住んでほしいのなら
住んであげてもいいよ　だけどね
必要以上に近づかないでね　身体には触らないでね

その日の朝から始まった朋子さんの突然の変貌
息子はショックのあまり会社を休んでしまった

心当たりを思い起こせば　数か月前に

夫が脳梗塞で数週間入院した直後から
朋子さん　おかしなことを口にしだしたのだ
　昨日　居間にね　見知らぬ男がたっていたのよ
　ソファも　いつもの位置から少しズレていたし

認知症の人にとって　伴侶のしばらくの不在は
理不尽で突然の神隠しだったに違いない

驚きの変貌が突然に始まって以来
朋子さんは入浴を拒否し続け
半年間　一度も身体を洗っていない
誰だって　他人の前では裸になりたくはない
薬もなかなか飲んでくれない
息子が手に乗せてくれた錠剤を

ジッといつまでも見つめつづける

すれ違う人たちにもわかるほどに体臭は強くなり
今までお迎えにきてくれていたデイサービスからは
他の利用者の手前　ごめんなさいねと断られたのだ
けれども朋子さん　今日も予約通り
見知らぬ人に連れられて　診察室に座っている

ラムネ玉

そろそろ眠りたいの　この間からのラムネ玉ちょうだい

看護師たちは　凍りついたように顔を見合わせた
偽薬だと　もう上田さんにはわかっていたのだ

以前は　毎晩　強い睡眠薬をせがんでいた上田さん
よく眠れているんだから睡眠薬なしでいきましょうよ
などと言おうものなら　早く死ねというのかと食ってかかる

看護師たちは　とうとうヒソヒソ相談
　上田さん　これはね　凄くよく効く睡眠薬なの
　少し甘酸っぱいけど　心配しないで飲んでみて

それ以来　上田さんは
毎晩のようにラムネ玉を要求し　よく効くのか熟睡している
看護師たちは　この作戦に大満足　良かった良かった

そこへ　上田さん
　何してるの　いつものラムネ玉をちょうだいよ！

この錠剤は睡眠薬などではない
ただのラムネ玉なのだと　上田さん
もうとっくに　知っていたのだ

春風の吹く土手に座って　友と分け合った
口の中で溶けていく甘酸っぱい思い出
毎晩　湧き出る泡のなかに転がして
上田さんは　遠い夢の中へと駆けていく

ソーダ屋のソーダさん

老人施設に荘田さん夫妻が入所された
気さくな雰囲気のお二人に　私は声を掛ける
　荘田さんはどこのご出身ですか？
　岡山です　岡山県の山間の町です

にこやかな二人に　つい私は冗談を言う
ソーダ屋のソーダさんはその町にもおられましたか？
ハイ　おられましたよ
ソーダ飲んで死んだそうです

葬式饅頭はでっかかったそうです

三人で大笑いをする
荘田さんはまだ認知症じゃないな
医者の悪い癖が出る

この遊び唄とでも言うべき軽妙な歌は
幼少のころから母がよく口ずさんでいた
戦後まもない時代だったはずだ

昭和四十年　詩人阪田寛夫の作品だというのだが
母の呟きは　もっと遥か昔の
私がまだ胎内にいるころからあったように思うのだ

私の歴史と年表の歴史のギャップ
でも一向にかまわない
そんな時は　自分の歴史を優先する

まっすぐに　正さん

車いすの上で　正さんは
座禅を組む僧のように　背筋をまっすぐに伸ばし
笑みを浮かべながら　いつも正面を見つめている
　正さん　何処のお生まれですか
どんなお仕事をされていたのですか
子供さん方はお近くなの　お孫さんたちは
緘黙《かんもく》と言ってよいのだろうか
返事は一切なく　うなずきもない

しかし　正さんには
私の機嫌も　思いも　体調さえも
手に取るようにわかっていたのだ
そうでなければ
彼の奥深くに横たわる鏡のような湖面に
私が話しかけている間中
いくつものさざ波が　くりかえし立つはずはなかった
波音は　かすかではあったが
すべて私の耳元に届いた
頬の緩み口元の綻びと共に
会話は一度も交わされなかったが
数年間の交流は多くの文字に変身し
今も診療録の中に残されている

八尾からきた静江さん

入所中の八百静江さんとは　なぜか気があう
目が合うと　かならずハーイと手をあげあって
　八尾からきた静江さん　お元気？
藤井寺生まれで藤井寺育ちの静江さん　それでも
　はい　八尾からきた静江です
と　調子をあわせてくれる
そんな静江さん　最近では一気に認知症が進み

以前のようなやり取りは　もうできなくなった

八百さんの大の仲良しに宮本明さんがいる
私は宮本さんにも　冗談交じりの挨拶をする
　武蔵どの　お元気かな？

最近では八百さん　宮本さんを夫と思い始め
　あんたはここにお座りなさい！　と命令口調
さわやかな仲良し二人は　いつのまにか恐妻夫婦に

宮本さんを指さしながら　介護スタッフが問いかける
　八百さん　先生は彼のこといつもなんと呼ぶの？
しばらく考え込む八百さん　武蔵がどうしても出てこない

皆が諦めかけた時　八百さんは立ち上がって叫んだ
　織田信長！

皆の顔がほころぶ　私の顔もほころぶ
八百さんの　そして宮本さんの背中を私はさする
いつまでも　何かは何処かでつながっていてほしい

（注）八尾市と藤井寺市は隣接した大阪府南西部の都市である。八百と八尾は同音異義語になる。

蚊取り線香

ちょっと油断すると部屋に
女の人が入ってくるんです
全然知らない人です
いつも　うつ向いていて
顔は見えないんです
ひとことも喋りません

黙って　すうーっとやってきて
私の大事なものをいじるのです

盗ってはいかないんですが
すごく嫌なんですよねえ
止めてと言うと　ふっと消えます

この前は　蚊取り線香を焚きました
そうすると　線香が効いたのか
女は煙のように細くなっていって
箪笥と箪笥の細い隙間に
吸い込まれるように消えていきました
ほっとしましたよ

藤田さんは興奮する様子は一切なく
診察室で自分の日常を喋りつづける

認知症は相当進んでいるのだが
たっぷりとしゃべった後は藤田さん
窓口での支払いを家族にまかせると
先にたってスタスタと帰っていった

電車賃を貸してください

消灯間近　足音しか聞こえない老人ホーム
児玉さんが歩行器を押しながら　ヨロヨロと近づいてくる
　大将　電車賃　貸してもらえまへんか
　今から電車に乗るの？
乗ってどこに行くの？

静まり返る中　声を落として聞きかえすと
　息子が……

あとに言葉はなく　沈黙だけが続いた

児玉さんのひと言の向こうに　波しぶきが立ち
児玉さんの沈黙の中に　低い海鳴りが聞こえた

過去から差し込む一筋の細い光が
鉛色によどむ長い時をぬって
今　この廊下にたどり着き
呼び声となって　児玉さんに届いているのだ

なぜ海鳴りが聞こえたのだろう
児玉さんの頬が　船乗りを思い起こさせるように
赤銅色に日焼けしているからだけではないはずだ

廊下の先では児玉さん　歩行器にもたれ
やってくる何かを待って
暗やみの向こうを見つめている

Ⅲ

アミロイド

あなたがすやすやと寝ている間に
忍び込んでくる無色無形のゼリーたち
真夏の浜辺　子どもたちとたわむれる至福のひと時
水面は知らぬまに上昇し　いつの間にか膝の上に
そんな　はっと気がつく苦い思い出のように

ゼリーはひたひたと脳の間隙を埋め尽くし
何千億という健康な神経の網を　一箇所ずつ
透明で微小なハサミになって切断していく
切断は昼夜を分かたず　プチリプチリとつづき

気がついた時には
認知症と呼ばれる世界がひろがっている

このアミロイドの蓄積を抑える治療薬が出現した
アメリカではすでに使われはじめ
日本でも治療に使うことができるようになった

波が引いて　白い浜辺が再び顔を出す瞬間を
いま　世界中の人々は固唾をのんで見まもっている

頭脳が自らの存亡をかけて戦いはじめた

（注）アミロイドという物質の脳への加害事象を、やや抽象的、象徴的に書いています。医学的、病理学的に正しい表現をしている訳ではありません。

化粧療法

化粧療法というものがある
化粧品会社も加わって　ますます盛んだ
手先の運動が脳を刺激する　笑顔が増える
おしゃべりがしたくなる　お出かけしたくなる
こんな　嬉しくなる効果が謳い文句だ

認知症ケアを受けているおばあさまたち
にこやかに　鏡の前に座るのだが
化粧が始まると　表情はキリリと引き締まる

顔をすこし斜めに構える　目をしばたたかせる
頬を膨らませる　口をとがらせる　額にしわを寄せる

次第に笑みは消えていき
療法などという優しい雰囲気から
何やら別なものに変わっていく
のぞき込む鏡の中は　過去なのか未来なのか
それとも　見たことのない異次元の世界なのか
殺気漂う真剣勝負の世界が広がり始める

そろそろ人生店じまい　などとつぶやいて
気弱なロマンチストの男たちに比べて
おばあさまパワーは　世の雑音をものともせず
明日に向かって　ますます燃えさかる

鏡の中の友

老婦人は一服の茶を　鏡の前に静かにさし出す
　どうぞ　飲んでみて
鏡の中を覗きこんで　にこやかに微笑む
しばらくして鏡の前に戻ってきた老婦人
飲まれていない茶碗を見て首をかしげる
　あら　美味しくなかったの？
訪問ヘルパーが飛んでくる

老婦人の肩越しにのぞき込む
　奥さま　鏡の中の人　あなたにそっくりね
老婦人も　もう一度まじまじと覗きこむ
　ああ　本当にそっくりだ

翌朝になると　デイサービスの車が迎えにくる
車に乗り込むと　老婦人は振りむいてつぶやく
　あの人大丈夫かな？

初夏になって　コロナワクチンが始まった
　嬉しいわ　これで大丈夫なのね
あ　ちょっと待ってて　あの人も誘わないと
老婦人は　ヘルパーの手を振りほどいて
車からおりると　家の中へ小走りに戻っていく

玉ねぎ娘

淡路島で生まれ育った森さん　自慢の思い出は
実家の旅館で女将をやっていたことだ

けれども　高齢者施設に入居してからというものは
食卓に突っ伏して　居眠りばかりしている
私は背中にまわると　肩をつついて声を掛ける
　やあ　玉ねぎ娘さん
旅館は上手くいってたの？

えーっ　何で知ってるの　その通りやで

今はアカンけどな　昔は上手くいってたんや
　すごく繁盛していたんやで

同じやり取りは　回診のたびに交わされ
もうかれこれ　十回を越えようとしている
にこやかに　遠くを見上げる森さんだが
時おり　その横顔がふっと曇ることがある

思い出は　いつも　実際よりは恰好よく
誇り高いものになっていく
虚空に咲く大輪は　大輪のままに

（注）玉ねぎは淡路島の名産であり、それは島の象徴でもある。

ずるい奴

ハッピーターン
しょっぱくて油っこくて止められない
彼の枕元には　それが山積みされている

私が施設回診に行くと　大抵部屋にはいない
車いすで暴走族のように走りまわっている
認知症のおばあさまたちの部屋をのぞいては
　「今日も元気だね」
自分の半身不自由にはおかまいなし

大声をだしては他人を励ましていく

しばらくして　帰ってくるとベッドにドサリ
背中は汗でびっしょり　肩はハアハア
そりくりかえって腕を伸ばし　枕元を指さす
　先生　食うか？
ずるい奴だ　私が好きな菓子をよく知っている
廊下のやんちゃが　叱れなくなるじゃないか

グループホームでは

則武さんと池部さんはいつも仲良し
寄り添うようにソファに座りこむ
波戸崎さんも座り　辰野さんも座り
四人になって　盛り上がってしゃべる

少し離れて真銅さんが座る
真銅さんはもう会話はできず
むにゃむにゃとテーブルに突っ伏す

高齢男性たちは決して群れない
ばらばらに離れて座る

吉田さんは車いすの上
おーいお茶と　旦那風を吹かす
若いとき　軍人だったという倉持さん
杖を木刀のように握って　少し怖い

好井さんには　一日中奥さまが付き添い
まるで自宅に居るように　振る舞われる
介護職員たちは大助かり

新入りの宮崎さんが一番活動的だ
　俺な　今から家に帰るぞ

そう言うと　するりと外に出ていく
ホームに戻ればいいのだが
お巡りさんの世話になることもある

まだお元気な認知症の人々のために
まるで自宅で暮らしてるように
グループホームは工夫されている
この施設はワン・ユニットで　きちんと九人である

お茶飲まんとあかんよ

池上さんには六人の孫がいて
毎日　誰かが　おじいちゃん！　と訪ねてくる
ミノル君は　公園で遊んでもらう
ケンちゃんは　プールに連れていってもらう
暖君は　近くのおもちゃ屋に付きあってもらう
あかねちゃんなんかは　具合がわるい時
病院まで送り迎えをしてもらう
おじいちゃんはびっくりするくらい身軽で
公園の登り棒をスルスル登る
てっぺんで　サルのまねをしてくれる

孫たちはそんなおじいちゃんが大好きだ
きょうは元旦お正月
六人の孫がそろって　おじいちゃんを訪ねてきた
孫の一人がポケットから何かをとり出す
おじいちゃん　あんな
新聞の記事切り抜いてきたんや
おじいちゃん　あんまりお茶飲まへんやろ
物忘れに良くないらしいで
一日一五〇〇ミリリットルは飲まなあかんって
その時　おいじちゃんは
胸が詰まったように　じっと下を向いた
そしてその日から　せっせとお茶を飲みだした
だけど　しょっちゅう呟いている
今日はもうどれだけ飲んだっけ？

老婦人がいた

　こんにちは奥さん　この施設にもう慣れましたか
互いの眼が同じ高さになるよう　私はしゃがんで話しかける
老婦人はじっと見つめる　冷めた目で見つめる
嬉しそうでもなく　かといって迷惑そうでもなく
返事は全くない　認知症が進んでいるのだろうか
　私　神経科の医者なんです
　眠れないとか　イライラするとか
　そんな悩みごとはありませんか

返事は返ってこない　いよいよ深まる沈黙に
困ったことがあれば仰しゃってください
作り笑いで締めくくろうとした刹那
氷みずのように冷徹な一言が私に投げつけられた

くだらない！

足元の床板が抜けて　私は真っ暗な床下に落ちた
聞いたことのない笑い声が　あちこちから聞こえた
暗やみでもがいた　もがいて明るい方向に這い上がった
手探りで　さっきの板の間に這い出た
見わたす限り　さっきと同じ人々が
さっきと同じように　談笑で盛りあがっている一階フロアだった

お姫さま抱っこ

三々五々　車いすが並ぶ
老人ホームの昼下がり
にこやかに歩く坂越君
車いすからご老人たちの両手が伸びる
声にならない声がとびかう
　　坂越さん抱っこして！

坂越君はスターである
お姫さま抱っこのスターである

車いすからベッドへ　ベッドから車いすへ
お姫さま抱っこは永遠不滅のスキンシップだ

ひと時の空中遊泳は
幼い頃の母の腕の中
曇りなく澄み切った信頼の中に
はるか昔の幸せを反芻する

けれども介護労働者には腰痛をもたらし
ご老人たちの涎や鼻水は介護衣服を濡らし
そうして　介護職員は抱っこ移動をさける

しかし坂越君はあえてする

どちらでもいいことなのに　する
しなくてもいいことなのに　する

こんな坂越君だがまだ独身だ

お姫さま抱っこには　優しさだけではない
頑丈な足腰　一途な意志　昔ながらの騎士道が
両腕いっぱいに溢れているじゃないか

がんばれ　坂越君！

血筋

三郎君は　グイとブレーキをかけた
私の肩にシートベルトが食い込む
　どうしたんだい？
　　向こうに見えるあの人　大丈夫でしょうか

左手の道路わきに白髪の老人が一人
ペットボトルを口元に当て　ペタリと座り込んでいる
陽はやや傾いていたが　午後二時　まだ肌は焼ける
老人のものだろうか　脇に自転車が転がっている

通りすがる人々がちらりと見ながら
熱中症大丈夫ですか？　声をかけていく

三郎君は車から降りようとする　私はそれを止める
　人通りの多い道だ　心配ないよ　施設往診をつづけよう
一瞬逡巡したようだが　三郎君はだまって従う

施設往診がすべて終わって　診療所に戻り
老人のことも忘れて　一服していると
大きくはずんだ三郎君の声
　先生　気になって　さっきのご老人を見てきました
　あのまんまだったので、救急車を呼びました
病院では緊急入院になり　家族からは感謝されたという

三郎君は　この老人ホームの経営者一族の若者である
曾祖父が明治三十五年　大阪市の議会で演説をしている
読み上げた原稿は今も残っており　社是にもなっている
　困っている人をみたとき　私たちは
　手を差し伸べないわけにはいかない
この演説が養老院の法制化へ道筋をつけたという
今も　社会福祉を学ぶ場の教科書に載っている

ホタル草

一人暮らしだった母が　京都の一軒家から
私が住む　この街の高齢者施設に移り住んだ
一軒家は　空き家になってしまった
野草が大好きだった母　庭は花で溢れていた
多くの花たちは　趣味の水彩画に残っている

私はせめてもの親孝行にと
ホタル草だけは鉢に移して　施設のベランダまで運んだ
この　はかなげな天使は　母のお気に入りの一つで

春から秋にかけて　空色のフリルを風になびかせながら
二つ三つと　咲きつづける

それから　半年はたっただろうか
母は昼間からも　寝入るようになり
ベランダのホタル草を　振り向くこともなくなった
私はこの花を　自分のマンションに引きとった

夜になると　母は　施設の一人部屋で
昼間にもまして深々と眠る
持ち帰った鉢植えが気になって、夜中
懐中電灯で照らしてみたことがある
ホタル草も深々と寝入っていた

虫の音

車の中で一眠りしていると
チリチリと虫の音が聞こえた
エンジンを切った
途端に虫の音が消えた
エンジンをかけると再び虫の音が
虫の音はエンジンの音だった

母が大阪の高齢者施設に入所して六年
九十八歳の時に　京都の静かな庵から

息子たちの手で　素早く静かに運ばれた
移動する車の窓に消え去っていった
六十年間の街なみと忘れられない日々
母の心は六十年間の京都から離れなかった

私が　ここ大阪の施設でベッドの傍に立つと
　お前　大阪から来たのかい
　この後　また大阪に戻るのかい
　大変だねえ　気をつけて帰るんだよ

私は頷くと　母の両肩に夏布団を掛ける

この世の半分は幻でできている

*

あとがき

誰もが、どうしても避けることができないもの、それは老と死です。そして、その手前で待ちかまえているものの一つに、認知症があります。認知症になりますと、認知機能、生活能力が徐々ながら低下していき、自宅あるいは高齢介護施設、時によっては高齢医療施設で、家族やスタッフにみまもられながら日々をすごすことになります。仮にそうなったとしても、できれば、温かな見守りの中の毎日でありたいものです。今回の第四詩集も、そのような気持ちで書き綴りました。詩集のエピソードは、日常の診療の中で自ら体験したものばかりです。

本詩集も、詩の師匠でもある以倉紘平氏のご指導で、内外とも形を整えることができました。「そこに人事のない詩は読まれない」という以倉氏の教えを胸に、気を引き締めて書いていったつもりです。そして、今回も、途中で、多くの仲間たちから、温かい叱咤激励をいただきました。大変ありがたいことでした。

また、多くの人手や段取りを、回診やご家族との面談のために準備してくださった左記の方々にも、心から感謝申し上げます。

社会福祉法人聖徳会　岩田敏郎理事長

杉村和子副理事長

社会福祉法人みささぎ会　奥田益弘相談役

奥田赳視理事長

社会福祉法人遺徳会　嶋田祐史理事長

嶋田允伸理事

（順不同、敬称略）

さらに、いつもご助言、お励ましをいただいております詩誌「アリゼ」同人の皆様方には、僭越ながらこの場をお借りしまして、日ごろの御礼を申し上げます。

最後に、第一詩集から、ずっと私の詩作活動を応援し続けてくださっており、本書の編集者でもある、「編集工房ノア」の涸沢純平様に深く御礼申し上げます。

（付記。詩中に出てくる登場人物のお名前は全て架空のものです）

二〇二四年三月

橋本　篤

橋本　篤（本名・橋本篤孝）
日本現代詩人会会員　詩誌アリゼ同人
社会福祉法人聖徳会　クリニックいわた院長
メンタルヘルスアドバイジング橋本　代表

連絡先
（580-0042）大阪府松原市松ヶ丘1丁目12の16、1206号室
FAX・072-335-1013

あした天気《てんき》になあれ
——認知症回診日録《にんちしょうかいしんにちろく》

二〇二四年六月十二日発行

著　者　（有）メンタルヘルスアドバイジング橋本　橋本　篤（孝）
発行者　涸沢純平
発行所　株式会社編集工房ノア
〒五三一―〇〇七一
大阪市北区中津三―一七―五
電話〇六（六三七三）三六四一
FAX〇六（六三七三）三六四二
振替〇〇九四〇―七―三〇六四五七
組版　株式会社四国写研
印刷製本　亜細亜印刷株式会社

ISBN978-4-89271-388-0